Heinrich Hansjakob

Die Salpeterer, eine politisch-religiöse Secte auf dem südöstlichen Schwarzwald

Antigonos

Heinrich Hansjakob

Die Salpeterer, eine politisch-religiöse Secte auf dem südöstlichen Schwarzwald

Unveränderter Nachdruck der Originalausgabe von 1867.

1. Auflage 2024 | ISBN: 978-3-38636-546-8

Antigonos Verlag ist ein Imprint der Outlook Verlagsgesellschaft mbH.

Verlag: Outlook Verlag GmbH, Zeilweg 44, 60439 Frankfurt, Deutschland, info@outlook-verlag.de
Vertretungsberechtigt: E. Roepke, Zeilweg 44, 60439 Frankfurt, Deutschland
Druck: Libri Plureos GmbH, Friedensallee 273, 22763 Hamburg, Deutschland

Die Salpeterer,

eine politisch-religiöse Secte auf dem südöstlichen Schwarzwald.

Untersucht und dargestellt

von

Dr. Heinrich Hansjakob,

geistlicher Vorstand der höhern Bürgerschule in Waldshut.

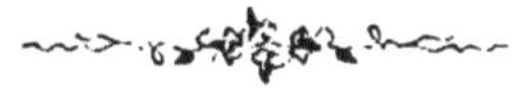

Waldshut 1867.

Druck und Verlag von H. Zimmermann.

Die Salpeterer,

eine politisch=religiöse Secte auf dem südöstlichen Schwarzwald.

Untersucht und dargestellt

von

Dr. Heinrich Hansjakob,

geistlicher Vorstand der höhern Bürgerschule in Waldshut.

———————

Waldshut 1867.

Druck und Verlag von H. Zimmermann.

Vorwort.

Als mich im vorigen Jahre meine dienstliche Stellung hierherbrachte, wurde ich darauf aufmerksam gemacht, über die sog. Salpeterer, die großentheils in den hiesigen Amtsbezirk gehören, Studien zu machen. Ich versuchte es — und um so mehr, als über das religiöse Treiben der Salpeterer bis jetzt nichts veröffentlicht wurde. —

Ueber die politische Gährung — und soweit dieselbe mit der Reformation zusammenhing, haben berichtet:

Lucas Meyer: Geschichte der Salpeterer auf dem südöstlichen Schwarzwald, herausgegeben von H. Schreiber, Freiburg im Breisgau 1837.

Dr. J. Bader in verschiedenen Aufsätzen in Badenia 1. Jahrgang 1840. p. 19—30. — ebenda: 2. Jahrgang 1840. p. 270—300 —: ebenda: (neue Folge) I. B. (1859) p. 190—205.

Vierordt in seiner „Geschichte der evangelischen Kirche in Baden I., 198: II. 151 u. 329.

Fecht „die Beschreibung der Großherzogl. Amtsbezirke Waldshut ꝛc. 2. Abth. I. Bd. p. 56 ff.

Diese wurden, da die religiöse Gährung der Salpeterer mit der frühern politischen zusammenhängt und diese so kurz aufgenommen werden mußte — theilweise benützt.

Die Darstellung der Auflehnung der Salpeterer auf religiösem Gebiete, die der Hauptzweck des Schriftchens ist,

ist ganz den officiellen Acten entnommen und verdanke ich desfallsige Mittheilungen namentlich den Herren Pfarrverwesern Spiegelhalter in Birndorf und Otter in Hänner. —

So entstand das Schriftchen!

Möge dasselbe als kleiner Beitrag zu der an Ereignissen und Zeitbildern so reichen Kirchengeschichte Badens wohlwollende Aufnahme finden.

Waldshut im Advent 1866.

Dr. Heinrich Hansjakob.

Die sogenannte Grafschaft Hauenstein, früher größten=
theils Besitzthum der Edlen von Hauenstein, deren Schloß
jetzt noch in Ruinen 2 Stunden unterhalb Waldshut am
Rhein steht und die urkundlich vom Jahre 1215 bis 1392
als milites (Ritter) de Howenstein auftreten — kam aus
den Händen letzterer wohl durch Kauf schon durch Kaiser
Rudolph, als er noch Graf von Habsburg war und in dieser
Gegend sich oft jagend oder fehdend aufhielt, an sein Haus.

1370 bestätigten die Herzoge Albrecht und Leopold alle
Freiheiten, mit denen die Hauensteiner reichlich von Oester=
reich bedacht worden waren, und versprachen namentlich —
und hierauf stützten sich die Salpeterer vorzugsweise — die
Grafschaft sollte für ewige Zeiten beim Hause Oesterreich
verbleiben.

Herzog Leopold verlieh sobann 1396 die Herrschaft
seinem Vetter, dem Grafen Hans vou Habsburg = Laufenburg
ad dies vitae — und ließ die Hauensteiner diesem huldigen.
Auf diesen Grafen Hans führen die Salpeterer ihre vielen
Privilegien zurück; er wurde fast zur mythischen Person.

Die Grafschaft zerfiel politisch iu acht sog. Einungen,
welche der Albfluß in vier Einungen ob und vier unter der
Alb schied.

An der Spitze jeder Einung stand der sog. Einungs=
meister — der alljährlich an St. Georgi in freiem Feld
unter offenem Himmel gewählt und vom österreichischen
Waldvogt in Amt und Pflicht genommen wurde.

Von den abgehenden alten und den acht neuen Einungs=
meistern wurde sofort aus der Zahl der Neugewählten der
neue Redmann gewählt, der die Grafschaft nach Außen zu
vertreten hatte und zugleich als erster Einungsmeister Präsident
des Collegiums der Einungsmeister war.

Dem Redmann zur Seite stund „des Redmanns Gespann", eine Art Controleur desselben, der mit ersterem die Schlüssel zum Archiv der Grafschaft hatte, worin die sorgsam bewachten Privilegien lagen.

Die Einungsmeister wählten dann noch den Hauensteiner Statthalter, der von jenen besoldet, sie beim Waldvogtei-Amt, das in der Stadt Waldshut saß, zu vertreten und die dortigen Geschäfte zu besorgen hatte.

Er war gewöhnlich Bürger von Waldshut und hieß im Gegensatz zum Stadtschultheißen — „der Bauernstatthalter." —

Die Einungsmeister übten die niedere Gerichtsbarkeit, waren je zwei Schöffen beim österreichischen Waldvogtei-Amt, Drittstandesmitglieder bei den Landesconferenzen zu Freiburg und hatten Steuer und Schatzungen umzulegen.

Ihre Vorrechte waren Vortritt in der Kirche und bei Processionen und das Tragen eines blauen Wamses.

Mit dieser politisch ziemlich freien Selbstverwaltung in ihren Einungsmeistern verbanden die Hauensteiner noch viele alte Privilegien namentlich über Waid-, Jagd- und Fischrechte — vom Hause Oesterreich — und so erwuchs in dem sehr kräftigen Gebirgsvolke ein gewaltiger Freiheitsgeist.

So kam es, daß sie sich schon zu Zeiten Albrecht I., von Habsburg zu einem Schutz- und Trutzbündniß, sowie zur Handhabung der innern Ordnung zusammen thaten und 1433 den Bund erneuerten.

So kam es aber auch, daß sie ihr Hörigkeitsverhältniß zum Gotteshaus St. Blasien nur ungern ertrugen.

Zwar waren noch manche freie Grundbesitzer unter ihnen — der größte Theil aber zinste als eigene Leute dem Kloster St. Blasien. Aber gerade der Umstand, daß ein Theil der bäuerlichen Bevölkerung frei war — und ein Theil hörig — ließ letztere ihre Hörigkeit um so ungerner ertragen. Und diese war der Urgrund zur politischen Gährung unter den Waldleuten.

Das Hörigkeitsverhältniß erschien ihnen zur Zeit als die Salpeterer aufkamen und schon vorher als eine Usurpation. Sehr begreiflich.

Die rechtsbegründenden beziehungsweise rechtsabstrikenden Thatsachen waren aus dem Gedächtnisse der Maße entschwunden. An solchen Thatsachen aber fehlte es St. Blasien sicherlich nicht. Die Leute waren theils durch Vergabung ihrer Herren (derer von Hauenstein, Tiefenstein, Rüßwihl, Dogern u. A.) Gotteshausleute geworden, theils hatten sich Freie selbst, um der Freiheiten der Kloster=Unterthanen theilhaftig zu werden, dem Stifte zu eigen gegeben.

Doch war dies alles dem Volke längst entschwunden während das unveräußerliche, rein menschliche Freiheitsbedürfniß gegen alle und jede Hörigkeit Protest einlegen mußte. Merkwürdig genug erscheint dieser allenthalben in ganz Deutschland als unverjährbar zu bezeichnende Protest, schon in einer der ältesten Rechtsaufzeichnungen, nämlich im s. g. Sachsenspiegel; da heißt es dann unter nachdrücklicher Betonung des christlichen Standpunktes: „Gott hat den Menschen nach sich selbst geschaffen, gebildet und durch seine Marter erlöst, den einen wie den andern; ihm ist der Arme so lieb als der Reiche... — Nach meinen Sinnen vermag ich es nicht zu begreifen, daß jemand des andern (Eigenthum) sein solle."

(Sachsenspiegel, Landrecht Buch 3 Art. 42 § 1—3 „Got heuet den man na yme seluen gebeldet vnde heuet yme mit siner martere gelediget, den einen also den anderen; yme is die arme also besvas (lieph) als die riche. — An minen sinnen ne kan ik es nicht opgenemen na der warheit, dát ieman des anderen sole sin.)

Freilich hatte dieses theoretische Zugeständniß praktisch ebenso wenig werth für den Hörigen, als es im alten Rom für den Sclaven von Consequenz war, daß die römischen Juristen darüber einig waren, die Sclaverei sei nicht juris gentium.

Immerhin mag dieser natürliche Protest, wie wir ihn im Sachsenspiegel finden, im konkreten Falle den Salpeterern zu einer Entschuldigung dienen.

Diese Gährung gegen St. Blasien fand einen Ausbruch schon lange vor dem Auftreten der Salpeterer — zur Zeit der Reformation und des dadurch hervorgerufenen Bauernkrieges.

In der benachbarten Waldvogteistadt Waldshut hatte Baltasar Hubmeier*) Pfarrer an der obern Kirche daselbst, ein eifriger Anhänger Luthers und Freund Zwinglis 1524 die protestantische Lehre mit Rathsbeschluß durchgesetzt und unter rohem Unfug eingeführt.

Da zogen die Bauern im Albthale, die sich sofort gegen die Leibeigenschaft empört hatten, nach Waldshut um mit diesen gemeinschaftliche Sache zu machen.

Jetzt kam auch Thomas Münzer nach Waldshut und gewann Hubmeier für die Wiedertäufer — und mit seiner Lehre kam bald Zuchtlosigkeit und Aufruhr in die ganze Gegend.

Die hauensteinischen Bauern plünderten nun die Güter des Klosters St. Blasien und zuletzt dieses selbst — wurden aber dann am Hungerberge von Philipp von Tegernau geschlagen, mußten auf's Neue huldigen und die Reformation ward unterdrückt.

Doch war der Geist der Unruhe nun bleibend im Volke und gährte im Stillen fort; selbst die wiedertäuferischen Gesinnungen regten sich weiter — und noch zu Ende des sechszehnten Jahrhunderts wurde vierteljährlich ein scharfes Religions = Mandat von den Kanzeln dagegen vorgelesen.

In den Jahren 1612 und 1628 erhoben sich die Hauensteiner Bauern auf's Neue; aber diesmal vorzugsweise gegen Oesterreich wegen Erhöhung der Abgaben. — Beim ersten

---

*) Ueber Hebmeier cfr. Schreibers Taschenbuch für Geschichte und Alterthum in Süddeutschland II. Jahrg. Freiburg 1840 p. 155 ff.

dieser Aufstände unterwarfen sie sich der drohenden Waffen-
gewalt — den zweiten erstickte sofort eine schnell herein-
brechende Pest.

Die Kriegsdrangsale des 17. Jahrhunderts, welche die
waffenfähigen Männer des Waldes hinwegnahmen, schafften
für lange Zeit Ruhe.

Während dieser Kriege hatte aber auch St. Blasien
manche Rechte und Ansprüche ruhen lassen und als es diese
wieder aufnehmen wollte, brachen neue Aufstände, die der
Salpeterer los.

Doch zuvor noch ein Wort über die Art und Weise wie
St. Blasien seine Herrschaft über „die armen Leute" —
wie die Leibeigenen officiell genannt wurden — ausübte. —
Wie vielfach auch die späteren Klagen der Salpeterer hierüber waren, so ist doch sicherlich an eine absichtliche, plan-
mäßige Bedrückung seiner Hörigen von Seiten des Klosters
nicht zu glauben. Die Präsumption ist dagegen. Die
Vögte, Pröpste, Schaffner u. s. w. aber mögen hier freilich
öfters gewirthschaftet haben, wie anderwärts i. e. secundum
illud: rustica gens optima flens pessima ridens.

Die Aebte und Conventualen aber wird kaum ein Vorwurf treffen — und daß erstere nicht auf längst bestandene
Rechte und Einkünfte verzichten konnten und wollten — ist
begreiflich!

Als demgemäß 1719. Abt Blasius III. die alten Rechte
wieder geltend machend, seinen Stiftseigenen das längst nicht
mehr gehaltene Dinggericht zu Remetschwil (zwischen Waldshut
und St. Blasien) ankündigte — sollte der Aufstand der
Salpeterer seinen Anfang und Stifter bekommen.

Als nämlich das Dinggericht am angekündigten Tag
stattfand, die Bestimmungen des alten Dingrodels, worin
die Rechte des Stifts an seine Leute enthalten waren —
verlesen wurden — erhob sich ein Einungsmeister Fridolin
Albiez, Eigener des Klosters, und erklärte die Leibeigenschaft

set durch Kaiser Leopold I., 1704 aufgehoben und St. Blasiens Ansprüche hiemit erloschen.

Genannter Kaiser hatte aber nur das Wort, nicht auch die mit der Leibeigenschaft verbundenen Rechte aufgehoben, eine Erklärung die auch sofort vom Vorsitzenden Waldpropst gegeben ward. — Doch umsonst. — Lärmend ging die Versammlung auseinander.

Albiez, der als Salpeter=Sieder und Händler von Haus zu Haus auf dem Walde unter unter dem Namen „der Salpeterhans" allgemein gekannt und als gescheider und belesener Mann geachtet war, fand bald zahlreiche Genossen und Anhänger seiner Behauptung.

Doch beruhte die Sache noch sechs Jahre — indeß Albiez den größten Theil des Waldvolkes auf seine Seite zog und durch seine Erzählungen fanatisirte:

Hauenstein, lehrte er, sei von unvordenklichen Zeiten her reichsunmittelbar gewesen, habe mit der Zeit eigene Herren erhalten, deren letzter, Graf Hans, in seinem Testament verfügt habe, daß die Grafschaft in die Reichsunmittelbarkeit zurückfalle. — So gehöre die Einung nicht Oesterreich, sondern dem deutschen Reiche.

Auch St. Blasien habe keinerlei Recht auf Land und Leute; es habe 1704 von Landesverräthern zu Wien die Leibeigenschaft erkauft!

Dazu kamen noch seine wiedertäuferischen Vorstellungen: Eigenschaft sei Tyrannei, alle Fürsten sollten abgeschafft, Steuern, Zinse und Abgaben aufgehoben werden. Das patriarchalische Leben werde zurückkehren, vorher aber müßten die Erwählten Gefängniß, Marter und Tod erleiden.

Die Aussprüche des Albiez fanden um so mehr Anklang, als er zugleich für einen sehr frommen Mann galt, der fleißig in die Kirche ging und oft nach Todtmoos (im Schwarzwald) und nach Einsiedeln wallfahrtete.

So brachte er bald eine starke Verbrüderung zusammen, die sich nach ihm „Salpeterer" — alle andern aber, die nicht zu ihnen hielten „Hallunken" nannten.

Sie hielten geheime Zusammenkünfte in Häusern, Wäldern und auf offenem Felde.

Ihr erster und Hauptzweck ging nun zunächst dahin, sich von St. Blasiens Forderungen los zu machen.

Als daher Abt Blasius 1725 eine neue Aufzeichnung der Waldbewohner vornehmen ließ, die einen sich St. Blasiens Anordnung unterwarfen, die andern nicht — und namentlich Freie und Unfreie sich selbst anfeindeten — zog Albiez im Frühjahr 1726 selbst nach Wien, um beim Kaiser gegen St. Blasien zu klagen. Dort angekommen ward ihm aber von den schon unterrichteten Behörden bedeutet, innerhalb 24 Stunden Wien zu verlassen.

Er brachte aber falsche Berichte von angeblich huldvoller Aufnahme beim Kaiser mit; väterlich habe ihn der Monarch aufgenommen, St. Blasiens Ansprüche als widerrechtlich er=klärt und ihm einen offenen Gnadenbrief mit eigener Hand unterzeichnet und besiegelt mitgegeben ꝛc. — So begeistert er seine Anhänger auf's Neue und wilder wurde gegen St. Blasien geschimpft und getobt — bis Albiez vom österreichi=schen Waldvogt eingesetzt — bald aber mit 30 Thlr. Geld=buße und dem Handgelübde fortan nicht mehr gegen das Kloster aufzuhetzen, entlassen wird.

Doch umsonst! — Im folgenden Jahre 1727 wurden lauter Salpeterer zu Einungsmeistern gewählt — und Albiez beherrschte den ganzen Wald.

Jetzt befahl die österreichische Regierung in Freiburg den gefährlichen Mann dorthin abzuführen, wo er anfangs in leichter Haft gelassen wurde bis sein zu reger Verkehr mit den Seinigen durch häufige Boten eine sorgfältigere und strenge Bewachung nöthig machte. Kurz darauf starb Albiez im Gefängnisse.

Sein schneller Tod erhitzte seine Anhänger noch mehr — sie verehren ihn als Märtyrer und setzen die Aufruhr fort. — Im gleichen Jahre 1727 war auch Abt Blasius mit Tod abgegangen — und als nun sein Nachfolger Franz Schächtelin, ein Freiburger, zur feierlichen Huldigung auf den Wald kam, wurde ihm überall dieselbe verweigert, so lange nicht im Eide das Wort „eigen" gestrichen wäre.

Eine Aufforderung von Seiten der österreichischen Landesregierung hatte keinen Erfolg, ebensowenig eine von Freiburg gesandte Commission.

Die Salpeterer hatten indeß vier Abgeordnete nach Wien geschickt, hielten Versammlungen, in denen sie schworen Gut und Blut zu wagen, um die vom Grafen Hans verliehenen Rechte zu erkämpfen; sich nicht nur vom Stifte St. Blasien, sondern auch von Oesterreich loszumachen — und sich unter's Reich zu stellen.

Ihr neues Haupt war jetzt der Müller am Haselbach (bei Weilheim) Martin Thoma, ein reicher, hochmüthiger und ehrgeiziger Bauer.

Nun sollten sie auch noch von Wien aus in ihren Plänen bestärkt werden; denn siegestrunken kamen die Abgeordneten im Herbst 1727 zurück mit drei kaiserlichen Briefen. Die Pflichten gegen St. Blasien sind zwar stricte zu leisten; doch hat dieses das Wort „eigen" nie mehr auch nicht bei Manumissionen zu gebrauchen; die Waldleute leisten einstweilen dem Abte nur ein Handgelübbe — und die in Freiburg seit Albiez eingesetzten Salpeterer sind sofort frei zu lassen. — Diese Maßregeln waren vom Hofe unklug gewählt.

Die Salpeterer glaubten nun ihr Auftreten gegen St. Blasien von der höchsten Instanz sanctionirt.

Mit Recht lehnte daher der Abt die Annahme eines Handgelübbes ab.

Als jetzt 1728 der neue österreichische Waldvogt Freiherr von Reischach mit den Salpeterern, auf ihre Aufforderung hin, den Kampf gegen St. Blasien nicht theilen will, verweigern sie ihm den Gehorsam und ziehen in Rotten, plündernd und ihre Gegner mißhandelnd auf dem Wald herum.

Da trat der berühmte nachmalige Reichshistoriograph Marquart Herrgott, ein Capitular St. Blasiens, der sich gerade als Abgeordneter der breisgau'schen Landstände in Wien aufhielt, für sein schutzloses Stift kräftigst ein, setzte eine Commission durch, welche die Huldigung für St. Blasien entgegen nehmen und die Beschwerden untersuchen sollte.

Die Commission, darunter Kanzleidirector von Beaurieux zu Stockach kömmt Ende April 1721 in Waldshut an und fordert zur Huldigung auf.

Die Salpeterer verschrien aber die Commission als bestochen von St. Blasien und setzen die Empörung fort. Die Commissäre rufen, da kein Salpeterer ihnen Folge leistet, beim Landesfeldherren Fürsten von Hohenlohe um militärische Hilfe an und so rücken im Mai 1728 zweihundert Mann von Rheinfelden her nach Waldshut und zwei Tage darauf führte Oberst v. Tüngen eintausend Mann in die Grafschaft ein.

Jetzt erhebt sich am Pfingstdienstag ein allgemeiner Landsturm der Salpeterer, angeführt vom Müller von Haselbach — und stellt sich dem Obersten von Tüngen beim Dorfe Dogern gegenüber.

Nach dreimaliger vergeblicher Aufforderung zur Ruhe — läßt der Oberst eine Salve geben — und die Salpeterer fliehen feige nach allen Richtungen.

Nun wird von Ort zu Ort zur Huldigung an St. Blasiens Abt militärisch zusammengetrieben.

Die Commissäre untersuchen die Beschwerden und schicken ihren Bericht nach Wien ab.

Die Salpeterer von einem Anwalt in der Schweiz, deren Nachbarschaft mit ihren freien Institutionen überhaupt aufreizend auf die Waldleute wirkte, unterwiesen, trugen vorzugsweise Klagen über St. Blasien vor und behaupteten auf's Neue ihre Reichsunmittelbarkeit, für welch' letztere jedoch trotz sorgfältigster Nachforschung kein Anhaltspunkt gefunden werden konnte.

Auch hatten sie wieder von den Ihrigen nach Wien abgesandt, die dem Commissionsbericht zuvor kommen sollten. Diese Abgeordneten aber wurden auf P. Herrgott's Verwenden zuerst eingesperrt und dann nach Ungarn verwiesen; wodurch jedoch die Gährung gegen St. Blasien vermehrt wurde.

Doch wurde das 1750 von Wien erfolgte Urtheil letzterem gerecht. St. Blasiens Rechte wurden mit kleinen Ausnahmen anerkannt, die Executionskosten den Salpeterern auferlegt, ihre Rädelsführer ewig des Lands verwiesen und der Müller Thoma außerdem noch zu sechsjähriger Zwangsarbeit auf der Feste Belgrad verurtheilt. Gleichwohl ruhten die Salpeterer nicht. Daß ihre Anführer nicht zum Tode verurtheilt worden, sehen sie als eine stille Anerkennung ihrer Rechte von Seite des Kaisers und die ganze Verfügung der Regierung als eine Manipulation des P. Herrgott an.

Jetzt suchte St. Blasien durch Verkauf seiner Leibeigenschaftsrechte zum Frieden zu kommen.

1738 kam die Veräußerung um 58,000 fl. zu Stande und erfolgte die kaiserliche Bestätigung im gleichen Jahre.

Aber auch so gaben sich die Salpeterer nicht zufrieden — weil St. Blasien gar keine Rechte besitze — also auch keine veräußern könne.

Der Kaiser drohte umsonst mit einem Strafbefehl, der sie bei Leib, Leben und Gut anzugreifen drohte, — sie senden zwanzig Abgeordnete nach Wien und machen mit 111 Jungfrauen eine feierliche Wallfahrt nach Einsiedeln, um Glück für ihre Sache und für Oesterreichs Waffen gegen die Türken zu erflehen.

Unverrichteter Sache und schwer bedroht, kehren die Ab=geordneten heim. — Doch bringen sie wieder falsche Berichte: Die Grafschaft sei an St. Blasien verkauft gewesen — wo=von der Kaiser nichts gewußt — sie, die Abgeordneten hätten's noch zur rechten Zeit rückgängig gemacht. — Die Unruhe und der Ungehorsam wuchs auf's Neue.

Die Salpeterer hatten eine offene Versammlung zu Dogern, trotz allen Einredens des Waldvogtes.

Sie verschwören sich feierlich zum Widerstand gegen St. Blasien und Oesterreichs Herrschaft.

Im Dezember 1738 schleichen sich abermals 15 Abge=ordnete nach Wien durch und werden vom Beichtvater des Kaisers, dem Jesuiten P. Tönnemann in Schutz genommen, nachdem zuvor P. Herrgott, ihre Absichten lüstend, ihre Gefangennahme durchgesetzt hatte.

Zwar werden die vier heftigsten Abgeordneten gefänglich von Wien nach Freiburg abgeführt, aber unterm 3. und 20. Februar 1739 verordnet Karl VI. eine zweite Commission zur Untersuchung — bestehend aus den Freiherren v. Sickingen, Düminique und Beaurieux.

Sechshundert Grenadiere sollten sie unterstützen.

Die Salpeterer ließen sich anfangs willig herbei, — als aber die Commissäre als Vorbedingung die Beschwerden anzuhören, die Zahlung der landesherrlichen Steuer und der Loskaufsumme an St. Blasien — und die Einführung einer neuen Waldordnung verlangten, legen sie sofort unter Schmähungen gegen den Waldvogt Freiherr v. Schönau und die Bevollmächtigten Widerspruch ein.

Die Hauptführer werden wieder eingezogen, während ihr Anhang sich bewaffnet und in Rotten raubend und plün=dernd umherzieht, angeführt von einem Wagnergesellen aus Sachsen. Beim Dorfe Etzwil rückt ihnen Freiherr v. Luetzen mit Fünfhundert Mann entgegen und nach zwei Schüssen und zwei geschleuderten Granaten zerstreut der Salpeterer-Haufe — und ohne weiteren Widerstand unterwirft sich die ganze Landschaft.

Die Hauptmeuterer werden nach Waldshut an die Commissäre abgeliefert, welche sofort ihre Verhöre — aber strenger als je zuvor geschehen, beginnen.

Sechs Rädelsführer werden zum Tode durch's Schwert verurtheilt und das Urtheil vom Waldvogt sofort öffentlich, vor vielen Tausenden vollzogen.

Dies wirkte. Die Salpeterer kamen zu Hunderten und baten fußfällig um Gnade.

Die jungen Bursche, die sich beim Aufstand betheiligt, wurden nach Ungarn abgeführt und unter die Soldaten gesteckt.

So verlief der zweite Salpetererkrieg 1738—39.

Jetzt gab's für wenige Jahre Ruhe und St. Blasien bekam seine Gelder. — Weil so Friede war auf dem Walde ließ Maria Theresia 1742 auch manche von den nach Ungarn Verbannten, heimkehren; — aber diese beginnen die Unruhe auf's Neue durch Anregung der Klagen gegen St. Blasien.

Doch leisten sie auch an Oesterreich nichts im Successionskriege und behaupteten, sie stünden als reichsunmittelbar unter Karl VI.

Zwei der eben aus Ungarn Entlassenen ziehen wieder nach Wien und berichten von da, keine Steuern zu zahlen und keine Rekruten zu stellen.

Jetzt war das Dragoner = Regiment b'Ollon, das man im Winter 1743 auf den Wald gelegt hatte, selbst nicht mehr sicher. Zwar hatten General Giulay und Oberst von Ranzau eine nächtliche Versammlung der Salpeterer aufgehoben, die Hauptanführer abgefaßt und nach Rheinfelden ins Gefängniß führen lassen — woraus sie jedoch im Anfang des folgenden Jahres entflohen.

Die Unordnung steigert sich aber, bis der Waldkommandant Pommer von Freiburg herzieht und die Unruhigen in die Festung dorthin abführt — wo sie erst nach Uebergabe der Stadt Freiburg an die Franzosen von diesen entlassen wurden.

1744 ruht die Gährung, weil die Franzosen im Lande lagen — aber sofort nach deren Abzug 1745 beginnt die Widersetzlichkeit auf's Neue und dem Waldvogt wird nicht nur der Gehorsam versagt, sondern die Salpeterer zogen selbst, nachdem sie zuvor verheerend von Dorf zu Dorf gestreift und den Plan der Zerstörung St. Blasiens gefaßt, am 1. Mai 1745 siebenhundert Mann stark gegen die Waldvogteistadt Waldshut, stürmen das Amthaus, nehmen die seit ihrer letzten Entwaffnung dort hinterlegten Waffen und wühten nun in geordnetem, bewaffnetem Landsturm einen ganzen Monat fort.

Indeß war von Bregenz her mit sechszig Husaren und zwei Geschützen Hauptmann Pommer herangezogen — überfiel am Pfingstfeste die Salpetererhäupter zu Laufenburg, nahm sie gefangen und schickte sie nach Insbruck.

Unter ihnen war namentlich ein Dr. Berger, Advocat aus Laufenburg.

Man hoffte jetzt Ruhe und die Kaiserin selbst sandte ein mildes Warnungsschreiben an die Salpeterer. — Doch vergeblich. — Noch zweimal (15. September und 12. November 1745) überfallen sie Waldshut; beidemal zurückgeschlagen, verlieren sie beim letzten Ueberfall neunzig Mann sammt ihrem Führer, die gefangen wurden. Hierüber ergrimmt, umringen nun über tausend Bauern die Stadt und drohen mit Belagerung, Sturm, Mord und Brand.'

Schon hatte die Regierung zu Waldshut eilig um Hilfe gesandt — und St. Blasien hatte zweihundert Landwehrmänner, an deren Spitze sich schwäbische Kreissoldaten unter Anführung eines Lieutenants gestellt — für die bedrängte

Stadt abgeschickt — als diese durch einen schnellen Ausfall die Bauern verjagte und in ihre Dörfer zurücktrieb.

Als darauf die von der österreichischen Regierung aufgebotene Landwehr des Frickthales fünfhundert Mann stark nach Waldshut zog und sich mit den St. Blasi'schen vereinigte, strecken die Salpeterer in einzelnen Dörfer die Waffen.

Ein Haupthaufe aber hatte sich beim Dorfe Waldkirch zusammengezogen, gegen den nun, nach Entlassung der theils plündernden, theils mit den Salpeterern gemeinschaftliche Sache machenden Frickthäler, der Landsturm im ganzen obern Rheinviertel aufgeboten wird.

So kamen viertausend Mann Landwehr zusammen, an ihrer Spitze der schwäbische Kreislieutenant Lud, der den Bauern entgegen zieht, sie umringt und ohne Kampf entwaffnet.

Auf diesen Sieg hin unterwarf sich der ganze Wald ob der Alb — und nach kurzem Kleinkrieg unterwarfen Lud und der indeß mit Husaren eingetroffene Hauptmann Pommer auch die Einungen unter der Alb.

Jetzt wurden die Salpeterer eidlich in Gehorsam genommen; das viele fremde Gesindel verjagt und die Anführer im folgenden Jahre für lebenslänglich nach Ungarn abgeführt. — Damit war der dritte Salpetererkrieg zu Ende.

Ein vierter Aufstand wurde schnell unterdrückt, indem die Kaiserin im Herbst 1755, 27 Männer, 20 Weiber, 34 Söhne und 31 Töchter aufgreifen und nach Siebenbürgen abführen ließ, wo sie verschollen.

Jetzt gab's Friede für dieses Jahrhundert und als im folgenden die Salpeterer wieder auftauchten, kam es nicht mehr zu derartigen politischen Kämpfen. Denn jetzt galt ihr Auftreten mehr der Religion, dem, wie sie nicht ohne Grund meinten, gefährdeten katholischen Glauben.

Und wenn bei einem Rückblick auf die kurz vorgeführten politischen Ereignisse unter den Waldleuten eine starre Hartnädigkeit und unbeugsamer Widerstandsgeist, mit dem sie vermeintliche Rechte zu ertrotzen suchten, nicht zu verkennen ist — so wird dagegen der unbefangene Beurtheiler den nun auf religiösem Gebiet auftretenden und gerade hierüber vielfach geschmähten Salpeterern große Berechtigung nicht absprechen, wenn schon die auch jetzt sich wieder zeigende, diesem Volke eigenthümliche, übrigens psychologisch begründete starre Unbeugsamkeit nicht zu entschuldigen ist.*)

Mit dieser vorzugsweise religiösen Gährung wachte natürlich — bei einem Volke, das einmal im Aufruhr begriffen — und bei den vielen politischen Umwälzungen im Anfange des 19. Jahrhunderts — auch wieder die politische Widersetzlichkeit auf — ja es mochte erstere einzeluen nur dazu dienen, in letzterer Hinsicht ungestrafter und verdeckter zu agiren.

Doch ging der Anfang zu den erneuerten Unruhen vom kirchlichen Boden aus.

Der Josephinismus hatte namentlich auch im Bisthum Constanz, wohin die Salpeterer kirchlich gehörten, im Anfange unseres Jahrhunderts seine Früchte getragen.

1802 war vom Bischof Dalberg — Ignaz von Wessenberg zum Generalvikar und Domdekan obigen Bisthums ernannt worden und dieser auf kirchlichem Felde sehr liberalisirende Herr — war dem Josephinischen Aufkläricht, wie er in der Folge gezeigt, nur allzuviel zugethan.

So wurden denn auch 1803 durch bischöfliche Verordnung, mit landesherrlicher Genehmigung eine Anzahl Feiertage, in die das Volk eingelebt war, abgewürdigt — so St. Jakob, Laurentius u. A. Schon dies machte das altgläubige Waldvolk stutzig.

Um nun diese Tage wenigstens noch einigermaßen zu feiern, wollten in einer Pfarrei die Gläubigen am Abend

---

*) Die folgende Darstellung ist sine ira ac studio streng nach den Acten gegeben. —

vor St. Jakobitag (1804) in der Kirche den Rosenkranz beten; der Pfarrer aber verschloß ihnen sofort die Kirchenthüre; worauf sich die Leute ruhig in das sogenannte Beinhaus neben der Kirche begaben, um dort ihre Andacht zu verrichten — aber auch von da trieb sie ihr Seelsorger mit seinem Vicar „auf nachdrückliche Art" — wie ersterer selbst sagt — auseinander.

Andern Tags — am Feste selbst, ging's abermals so — worauf sich die vertriebenen Beter in das Dorf hinab begaben und dort vor einem alten Kreuz am Wege ihren Rosenkranz sprachen; (abheulten, wie der Pfarrer sich ausdrückt. —)

Jetzt berichtet der Pfarrer „diese Frevelthat" an geistliche und weltliche Obrigkeit und bat um deren Ahndung. Der Generalvikar v. Wessenberg schreibt nun unter'm 25. August 1804 dem Pfarrer, freut sich seiner „wahrhaft christlichen Standhaftigkeit" und spricht die Hoffnung aus, daß unter Mitwirkung der weltlichen Obrigkeit die Ordnung künftig werde erhalten und der Widersetzlichkeit werde „ein Gebiß" angelegt werden. Zugleich weist er ihn zur Beihilfe an den Erzherzogl. Waldvogt v. Harrand in Waldshut, der auch am folgenden Laurentiustag die Kirche polizeilich schließen ließ. Auch der St. Blasi'sche Obervogt ward vom Pfarramt angerufen, erklärte aber das Benehmen der Leute nicht für strafbar „weil die Heiligkeit des Gebetes nach den Grundsätzen der katholischen Religion jeden Vorwand von Sträflichkeit und einer vermuthlichen Frevelthat ausschließe."

Vom österreichischen Waldvogteiamte wurde später selbst an Werktagen die Kirche geschlossen, obwohl die Gemeinde erklärt hatte für allenfallsigen Diebstahl in der Kirche einzustehen.

Diese Vorfälle brachten die Waldleute wieder in Gährung. Sie behaupteten durch diese Abwürdigung alter Feiertage und durch die Verhinderung die Kirchen zu Privatandachten zu benützen, wolle man sie vom katholischen Glauben abbringen und nach und nach „lutherisch" machen.

Sie vereinigten sich in geheimen Zusammenkünften und besprachen sich über die Wahrung ihres Glaubens; dabei kamen aber auch die alten politischen Freiheiten und Privilegien der ehemaligen Salpeterer zu Sprache — und es entstand wieder Name und Sache.

Als sie daher mit dem Jahre 1806 an Baden gekommen waren, weigerten sie sich entschieden dem Großherzog zu huldigen und beriefen sich jetzt namentlich auf jenen Brief der Herzoge Albrecht und Leopold von 1370, worin diese gelobten, die Hauensteiner für ewige Zeiten bei ihrem Hause zu belassen.

Nur dem Kaiser von Oesterreich wollten sie demnach gehorchen, verweigern Militärdienst und Steuerzahlung. Erfolglos suchte sie in den Jahren 1806—1809 die badische Regierung mit Hilfe der den Leuten übrigens schon verdächtigen Geistlichkeit zu ihren Unterthanen-Pflichten zu bringen.

Die napoleonischen Kriege ließen die Salpeterer jetzt einige Jahre gewähren; erst 1815, als die staatlichen Verhältnisse allenthalben wieder geordnet waren, versuchte Baden wieder die Leute in Gehorsam zu nehmen — aber auch jetzt wurde die Huldigung versagt und die zum Kriegsdienst gezogenen jungen Bursche machen sich alle ohne Ausnahme bei Seite.

Einen Anführer fanden sie jetzt in der Person eines gewissen Aegidius Strittmatter, der behauptete, der Geist des Salpetererstifters Albiez sei ihm erschienen und habe ihn zu seinem Nachfolger ernannt.

Nach ihm nannte man die Salpeterer von jetzt an auch „Aegidler."

Es wurden nun wieder nächtliche Zusammenkünfte gehalten, wobei sie bewaffnete Schutzwachen ausstellten, damit Aegid ihnen ungestört die alten österreichischen Privilegien vorlesen und sie zum treuen Festhalten am alten katholischen Glauben aufmuntern konnte.

Treue dem römisch-katholischen Glauben und dem Kaiser

von Oesterreich sind von nun an ihre Parole — selbst wenn es Gut und Blut kosten sollte.

Sie erwarten zuversichtlich, der Kaiser Franz oder einer seiner Generale werde kommen und sie wieder als Unterthanen des Hauses Oesterreich aufnehmen, und als bei Napoleons Wiedererscheinen die österreichischen Armeen rasch am Rheine heraufzogen, glaubten sie sicher ihre Befreiung werde kommen.

Um so größer war jetzt ihre Widersetzlichkeit gegen Baden, unter dem sie ihre früheren Communalrechte verloren hatten; dessen Regierung aber jetzt militärisch einschritt, die Aufständischen leicht unterdrückte, mild beurtheilt die Rädels= führer in's Arbeitshaus schickte — und so auf politischem Gebiete schnell Ruhe schaffte.

Um so reger zeigten sich aber die Salpeterer auf reli= giösem Gebiete thätig, als man nach einigen Jahren hier wieder Neuerungen vornahm.

Im Anfang der dreißiger Jahre wurde der beim Land= volke so geübte und beliebte Katechismus *) des seligen Canisius in den Schulen abgeschafft.

Schon von früher mißtrauisch — sahen die Waldleute hierin einen neuen Schritt das Alte nach und nach zu entfernen.

Erbittert darüber gaben sie nun ihren Kindern den Katechismus von Canisius wieder mit in die Schule, mit dem Auftrag, ihre Eltern wollten, daß sie aus diesem und keinem andern die Religionslehren erlernen sollten.

Der betreffende geistliche Schuldekan ließ nun den Kin= dern den „unbrauchbaren" Canisius gewaltsam wegnehmen; sie brachten aber immer wieder neue.

Als nun vollends ein Lesebuch — wie der Titel angab — verfaßt von einem protestantischen Pastor Wilmsen in

---

*) Er war beim Volke zum Genußnamen geworden — so daß man, als der Katechismus von Hirscher eingeführt wurde — nur sagte: S' Hirscher's Canist = S' Hirscher's Katechismus.

den Schulen eingeführt ward — nahmen die Salpeterer schon Anstand am Titelblatt und wiesen es sofort zurück. Selbst die ärmsten Kinder brachten ihre Freiexemplare wieder.

Ja nicht einmal zum Lesen in diesem Buche konnten die Lehrer die Kinder bringen.

Aber nicht nur das Titelblatt war den Leuten anstößig, auch der Inhalt erregte ihre gerechte Besorgniß. Sie gaben beim Bezirksamte, das darauf hin auch einen Beschluß wegen Entfernung des Buches erließ, folgende Anstände an:

1) Es fehlten beim Aufzählen der heil. Schriften die vom Tridentinum als kanonisch anerkannten Bücher Judith und Esther;
2) es heiße darin, Jesus habe ein Gedächtnißmahl ge= stiftet, was gegen die Lehre der kath. Kirche von der Transsubstantiation sei;
3) die Namen der Patriarchen und Propheten seien darin anders genannt als in der Vulgata.
4) Es seien im Anhange protest. Kirchenlieder.

Gründe genug, um den alten Befürchtungen des Volkes man wolle sie protestantisiren, Raum zu geben!

Als trotzdem der Schuldekan den Wilmsen nicht ab= schaffte, so zogen die Leute ihre Kinder aus der Schule zu= rück — und die Gährung und Erbitterung nahm zu. Auf geheimen Zusammenkünften wurde berathen, wie sie die alte Religion schützen und vertheidigen wollten.

Man schritt wieder zu Verhaftungen; da sie aber trotz= dem in keinerlei Weise namentlich in Bezug auf die Schule nachgaben und eher ihre ganze Hab und Gut als Strafgelder bezahlten — wurden sie bald wieder auf freien Fuß gesetzt.

Aber gerade diese Freilassungen bestärkten die Leute in ihrem Rechte — und namentlich glaubten sie aus der Nach= giebigkeit der badischen Regierung schließen zu müssen, diese erkenne selbst, wie wenig ihr ein Unterthanenrecht auf die Waldleute zustehe.

Als ihren vermeintlich rechtmäßigen Herrn sahen sie jetzt den Erzherzog Ferdinand von Oesterreich an.

Einzelne besser denkende Pfarrer erklärten sich nun selbst gegen Einführung unkatholischer Lesebücher und beantragten Beibehaltung des Canisius.

Demgemäß erklärte die Curie durch den damaligen Dombekan, jetzigen Erzbischof v. Vicari, das Anschaffen jener Bücher als einen Mißgriff und befahl, man solle beim Alten bleiben.

Allein die jüngern Geistlichen, unter v. Wessenbergs Oberleitung im Seminar in Meersburg gebildet — schwärmend für die angestrebte Deutschkirche — hatten sich viele dahin zielende Neuerungen erlaubt — so namentlich Alles möglichst zu verdeutschen, das Evangelium im Amte nicht lateinisch zu singen oder zu sagen — sondern nur deutsch auf der Kanzel zu verlesen 2c. — so daß die Salpeterer jetzt erklärten: „Jeder von ihnen, der sich zur deutschen Kirche hinneige, verfalle der ewigen Verdammniß, denn diese sei lutherisch. — Von jetzt an blieben sie auch aus der Kirche weg.

In dieser Zeit 1832 — berichtet ein Salpeterer also an das Bezirksamt Waldshut:

„Ich bin als katholischer Christ geboren; ich halte es mit Gott und Gerechtigkeit — ich halte mich an die päpstliche Heiligkeit in Vereinigung mit dem Kaiser; wie diese es sprechen ist es mir Recht. Was Gregor XVI. spricht, so ein katholischer Christ thun und leisten soll, will ich leisten. Die neuen (badischen) Landesgesetze, in die ich aus Unwissenheit, Leichtsinn und Furcht eingewilligt habe, widerspreche ich gänzlich und werde keine neuen landständischen Gesetze anerkennen bis auf den Spruch des Papstes und Kaisers."

Es baten jetzt im Dezember 1832 die Ortsvorsteher der Salpeterergemeinden selbst das Erzbischöfliche Ordinariat um

eine Untersuchung dessen, was die jüngern Geistlichen ge-
neuert hatten.

Allein die Salpeterer erklärten, das Ordinariat eines
constitutionellen Bischofs, der als solcher selbst ungiltig ge-
weiht sei, könne hierin nicht entscheiden.

Sie sahen die Rechtgläubigkeit nur in der benachbarten
Schweiz, namentlich in den Klöstern Einsiedeln, Muri und
Maria-Stein, wohin sie häufig wallfahrteten — und sich wohl
auch Raths erholten.

Da erließ im Anfange des Jahres 1833 auch die badische
Landesregierung das Ersuchen an die Erzbischöfliche Curie, durch
ein Circularschreiben die jüngern Geistlichen zu ermahnen, mit
mehr Klugheit „an der Läuterung der Religionsbegriffe" der
Leute zu arbeiten und die von Protestanten verfaßten Lehr-
bücher zu entfernen.

Jene beschloß nun zunächst an die Aebte obiger Klöster
das Ansuchen ergehen zu lassen, ihre Beichtpriester darauf
aufmerksam zu machen, daß sie die Leute aus dem Hauensteinischen an ihren kirchlichen und politischen Gehorsam mahnen
sollten — sodann sollte bei der im kommenden Frühjahr
vorzunehmenden Firmungsreise der Weihbischof v. Vicari
die Klagen der Salpeterer gegen die Rechtgläubigkeit ihrer
Geistlichen entgegen nehmen.

Die Aebte von Einsiedeln und Maria = Stein antworten
sofort. —

Von ersterem Stift respondirt Abt Cölestin kurz dahin:
„sie hätten noch nie von den bewußten Leuten die mindeste
Aeußerung der Unzufriedenheit oder Widersetzlichkeit gegen
ihren jetzigen Landesherren vernommen; einzig beschwerten sie
sich darüber, daß ihre Kinder in der Schule nicht gehörig
im Gebete unterrichtet und geübt und nicht zum Empfang
der heil. Sacramente angeleitet würden, so wie ihnen selbst
der Empfang letzterer von manchen Geistlichen erschwert werde.

Offener und ausführlicher legt Abt Placidus von Maria-Stein in seinem Schreiben d. d. 20. März 1833 an den General-Provikar die Schäden blos. Er sagt:

„Es kommen von Zeit zu Zeit fromme Wallfahrer aus dem Erzbisthum Freiburg nach Maria-Stein, auch aus den Pfarreien der Grafschaft Hauenstein. Die Beichtväter in Maria-Stein wissen gar wohl, daß der Unterthan seinem Oberherren gehorsamen muß und in diesem Sinne haben sie bis dahin stets den Büßenden aufgegeben, ihrem protestantischen Landesherren sich in christlich demüthigem Geist zu unterwerfen 2c.

„Doch die Leute, welche aus der Gegend der Grafschaft Hauenstein hierher kommen, wollen nach ihrer eigenen Betheuerung dem Landesherren keineswegs ungehorsam sein — einige wenige ausgenommen. Ihre Widersetzlichkeit soll sich einzig darauf gründen, weil sie ihre, ihnen so heilig gewährleistete Religion gefährdet glauben. Sie sagen: Man gebe ihren Kindern in der Schule protestantische, Religion und Sitten verderbende Bücher in die Hände, — ihre Pfarrer sollen sich in Predigten, Christenlehre und andern Anlässen über wesentliche Artikel der katholischen Glaubenslehre sehr unkatholisch ausgesprochen haben, z. B. über den Papst, die heil. Sacramente 2c., sie sollen die in der Kirche eingeführten allgemeinen Andachten, die heil. Gebräuche (Ceremonien), die Anrufung der Heiligen, Jubel- und andere Ablässe, Fastenverordnungen 2c. nicht nur als etwas Unwesentliches erklärt, sondern dieselben getadelt, gelästert und selbst schon abgeschafft haben 2c. 2c. . . . . .

„In wie weit nun dieses, wie noch vieles andere gegründet ist, können wir nicht entscheiden; doch können wir nicht allen Verdacht bei Seite legen, wenn wir die Consequenz und Gründlichkeit betrachten, mit der diese Leute ihre Sache vortragen und daß diese Klagen nicht nur aus der Grafschaft Hauenstein, sondern aus den verschiedensten Gegenden des

Erzbisthums ertönen. Wenn wir im Beichtstuhle nur zu oft erfahren müssen, daß in vielen Pfarreien der Erzbiöcese vorzüglich junge Leute in Betreff des heil. Bußsacramentes ganz unkatholisch unterrichtet sind und weder von specieller Anklage der Sünden noch von der Zahl und den Umständen derselben etwas wissen und sich nach Anleitung ihrer Seel=sorger mit der Anklage: „ich habe gesündigt in Gedanken, Worten und Werken" oder: „wider Gott, den Nächsten und mich selbsten" begnügen — wenn wir erfahren müssen, wie die Seel=sorger ihren Pfarrkindern die heil. Sacramente vorenthalten, so daß diese guten Leute gezwungen sind, nicht das Wesen der Religion in Wallfahrten zu setzen, sondern die Wall=fahrten als Mittel zu gebrauchen, die wesentlichen Mittel, die uns unsere heil. Religion zur Wirkung unseres Heiles dar=bietet, zu empfangen — wenn wir in Maria = Stein selbst — erfahren müssen, daß Priester aus der Erzbiöcese im Meß=buche nicht einmal die auf den Tag bestimmte Messe finden; Messe lesen, was und wie sie wollen, des Breviergebetes nicht einmal zu gedenken."

„Bei solchen Umständen können Hochdieselben sich wohl vorstellen, wie schwierig die Lage eines Beichtvaters in Maria=Stein ist und eine kleine Anweisung von Hochderselben, wie wir uns in ähnlichen Fällen zu verhalten haben, würde uns gewiß zum Troste sein."

Genehmigen Hochdieselben 2c.

Waren auch die meisten dieser vom Abte angeführten Beschwerden gegründet, so muß doch zu einiger Entschuldigung der Geistlichen bemerkt werden, daß sie eben Kinder ihrer Zeit und des damals in Deutschland herrschenden kirchlichen Zeitgeistes waren. Man hatte sie so erzogen — und die Hauptschuld lag an der Erziehung und deren Leitern, gerade so wie jetzt die entgegengesetzte, bessere Richtung der jetzigen jüngern Geistlichkeit ebendarin auch ihren Grund hat! —

Indeß wurde in der Schweiz ein allgemeines Jubiläum

gefeiert — nicht aber in Baden, beziehungsweise in der Freiburger Diöcese, wo die jungen Geistlichen sich noch verächtliche Aeußerungen gegen den Ablaß erlaubten.

Dies sahen die Salpeterer sofort als einen Ungehorsam — als Abfall vom Papste an und schickten ihre Kinder selbst dann nicht in die Schule, als man ihnen drohte, dieselben gewaltsam wegzunehmen und sie selbst gefänglich einzog.

Die Großherzogl. und Bischöfl. Oberbehörden sahen nun selbst ein, daß sich die Leute religiös gefährdet glaubten und letztere mahnte, von ersterer dazu angerufen, auf's Neue den Klerus.

Dieser gab nun vor, das Volk werde von der Geistlichkeit der Schweiz regulärer sowohl als säculärer gegen ihn gehetzt und bethört. Namentlich wurde ein Chorherr G. von Luzern beschuldigt, den Salpeterern gesagt zu haben: der Erzbischof von Freiburg, sein Domcapitel und noch 7 andere Bischöfe seien von Rom abgefallen und die badische Geistlichkeit hätte sich mit dem protestantischen Großherzog verschworen, die katholische Religion in Baden zu untergraben.

Was der Clerus der Schweiz von der Sache hörte und hielt, haben uns die Briefe der zwei Aebte deutlich gezeigt — und gibt uns Grund genug, warum diese Geistlichen sich mißbilligend — allerdings manche wohl auch übertrieben tadelnd — gegen die badische Geistlichkeit äußern mochten!

Uebrigens äußerte das Erzbischöfliche Ordinariat in einem Rescript an das Ministerium d. d. 29. März 1833, daß Propagandisten der im Canton Basel Unruhe stiftenden Partei die Schwachheit der Waldleute benütze und durch Vorspiegelungen gefährdeter Religion aufzureizen geschäftig seien.

Der Großherzog machte nun durch einen Ministerial-Erlaß kund, die katholische Kirchensection sofort zu veranlassen, das Wilmsen'sche Lesebuch zu entfernen — und das Ordinariat um eine Untersuchung der Neuerungen anzugehen. Zugleich aber soll die den Salpeterern seither nachgesehene Erbhuldigung

durch einen eigens ernannten Regierungscommiſſär abgenom-
men und bei vorkommender Widerſetzlichkeit mit militäriſcher
Execution eingeſchritten werden.

Die Curie hatte indeß das Ihrige ſchon gethan und die
Geiſtlichen ſowohl in Bezug auf das kirchliche Lehramt, als
den Schulunterricht gehörig angewieſen — das Uebrige der
Firmungsreiſe des Weihbiſchofs vorbehalten.

Indeß gelang es dem Wirken einiger Geiſtlichen, in ihren
Gemeinden die ſog. Salpeterer II. Claſſe, die weniger hart-
nädig waren, zurüdzubringen — die Stodſalpeterer oder
Salpeterer I. Claſſe dagegen beriefen ſich jetzt auf den Papſt
— verlangten nicht vom Erzbiſchofe von Freiburg, ſondern
von Rom eine Unterſuchung über Kirche und Schule — und
hielten ihre Kinder von der Schule — und ſich ſelbſt von
der Kirche fern — ja ſelbſt ihre öſterliche Andacht in der
Pfarrkirche verrichteten ſie zu Hunderten nicht. Um ſo häufiger
gingen ſie nach den öfters genannten Klöſtern und zu manchen
Weltgeiſtlichen der Schweiz, namentlich im benachbarten
Großlaufenburg.

Von letztern kamen ihnen auch allerlei Druckſchriften in
die Hände, die ſie mehr und mehr in der Furcht für ihren
Glauben beſtärkten.

So eine Flugſchrift betitelt: „Abfall“ (Schweiz im
Jahre 1831) — wahrſcheinlich von einem Kloſtergeiſtlichen
verfaßt und zunächſt an die Katholiken der Schweiz gerichtet,
um ſie vor kommendem Glaubensabfall zu warnen. Es iſt
darin hingewieſen auf die franzöſiſche Revolution und ihre
Folgen — und wie man allerorts und namentlich im Groß-
herzogthum Baden die katholiſche Religion zu verdrängen
ſuche durch unkatholiſche Lehrer und Bücher ꝛc.

Auch das Circular Gregor XVI., womit das Jubiläum
angekündigt ward, kam verdeutſcht in Menge von der Schweiz
aus auf den Wald; und da dieſe Ablaßverkündigung in der

Erzbiöcese nicht stattfand, so nahmen die Leute den Abfall von Rom für sicher an.

So war das Mißtrauen und die Unruhe gestiegen, als der Weihbischof v. Vicari zur heil. Firmungsertheilung am 20. April 1833 in der Pfarrei Hochsal ankam. — Sofort überreichten ihm zwei Ortsvorgesetzte ein Schriftstück, wornach die Salpeterer sich dahin äußerten:

„Die Zeit sei nicht mehr ferne, da sie schon lange geweissagt hätten, wo man nicht mehr wisse, wo Stock und Mark (Begränzung der Güter) gewesen sei. Sie (die Salpeterer) würden bald eingekerkert werden, aber dann würden der Kaiser von Oesterreich und Papst Gregor XVI. kommen und alle, die es nicht mit den Salpeterern hielten, zu Grunde richten. — Gehorsam seien sie nur dem Kaiser schuldig, aus dessen Unterthanenverband man sie noch nicht entlassen.

Daß einige von ihnen 5 Monate lang gesessen seien, sei ein Beleg dafür, daß sie die „Bezeichneten" seien, von denen es in St. Johannes geheimer Offenbarung heiße: „es wird dem Herrn Macht gegeben die Bezeichneten 5 Monate lang einzusperren und alle Uebrigen zu zerstreuen und durch das Schwert hinzurichten."

Sie erkennen keinen andern Herrn an als den Kaiser Franz und Niemand könne „den Strang lösen" als dieser. — „Uebrigens seien die Prügel schon gerichtet, womit die badischen Beamten und Geistlichen gezähmt werden sollen."

Wir sehen hieraus, wie fanatisirt die Leute bereits waren! — Am gleichen Tage überreichte ein einzelner Salpeterer dem Weihbischofe eine Anklageschrift, worin er namentlich als Neuerungen der Geistlichen angibt, „daß sie die seit uralter Zeit gehaltene ewige Anbetung sistirt hätten, kein Glockenzeichen mehr geben lassen, wenn einem Kranken die letzte Wegzehrung gebracht wird — sondern das Allerheiligste in den Sack nehmen, einen grauen, blauen oder braunen Rock darüber und eine Modekappe auf den Kopf — weder Licht noch Kirchendiener, wohl aber ihren Hund mitführten."

Sofort traten auch dreißig Salpeterer den Weihbischof an — und erklärten — auf seine milde und freundliche Ansprache hin, sie seien bereit für den Großherzog von Baden Gut und Blut zu geben, aber ihr Gewissen erlaube ihnen nicht den Huldigungseid zu leisten, so lange nicht in demselben der Vorbehalt aufgenommen sei: „unbeschadet ihrer katholischen Religion und der alten hauensteinischen Privilegien." —

Als Gründe, warum sie erstere gefährdet sehen, geben sie an:

1) In ihren katholischen Schulen seien statt kirchlich approbirter Katechismen nicht approbirte und auch andere Bücher von protestantischen Verfassern eingeführt.

2) Sie erhielten Lehrer aus dem Schullehrer-Seminar Rastatt, die über alles Religiöse sich spöttelnd auslassen.

3) Von diesen Uebelständen sei keine Hilfe zu erwarten, so lange der Landesherr sich von Landständen leiten lasse, welche die Preßfreiheit verlangen, um sie zur Herabwürdigung der katholischen Religion zu gebrauchen, was Zeitungsblätter bereits bewiesen. Auch erlaubten sich die Landstände in die Kirchenverfassung einzugreifen, indem sie den Cölibat abgeschafft wissen wollten.

4) Solange der Großherzog die Verfasser von Schimpfschriften gegen die katholische Religion ungestraft gewähren lasse, sei die kath. Kirche in ihren Rechten beschränkt und die Kirchenbehörde, die dagegen nicht auftrete, müsse selbst sehr wenig kirchliches Interesse haben.

5) Man habe ihnen das ausgeschriebene Jubiläum vorenthalten.

6) Die Fastengebote würden nicht mehr gehalten, indem sie die Geistlichen ungenirt am Freitag Fleisch essen sähen.

7) Diese wollten sie auch zwingen, ihre Kinder zu Hause, statt in der Kirche taufen zu lassen.

Der Weihbischof gab auf diese Beschwerden eine geeignete Antwort und Zusicherung von Untersuchung und Abhilfe. Um die Salpeterer übrigens zu überzeugen, daß noch die alte katholische Lehre in den Schulen gelehrt werde, ließ er vor ihnen eine Religionsprüfung der Schulkinder vornehmen. Trotzdem kamen die Firmlinge der Salpeterer auf der 1. Station nicht, weil man ihnen die altherkömmlichen Firmpathen versagt hatte; — stellten sich jedoch theilweise auf andern Stationen nach.

In Waldshut ließ er sodann später die Beschwerdeführer nochmals vor und fragte sie, ob sie noch nicht — im Interesse ihres zeitlichen und ewigen Heiles zur Sinnesänderung gekommen wären? Ihre Antwort war kurz: „Wir bleiben beim römisch = katholischen Glauben und den Hauensteiner Privilegien!" —

Und dabei blieben sie stehen und ließen sich, nach vergeblicher Aufforderung von Seiten des Großh. Bezirksbeamten, ohne Widerrede in's Gefängniß abführen.

Vor seiner Abreise aus dem Bezirke hatte der Weihbischof noch einen kurzen Hirtenbrief erlassen, wodurch er die Geistlichkeit entschuldigend, deren Ansehen zu heben suchte.

Ueber den Eindruck, den der jetzt greise Erzbischof damals auf die Salpeterer machte, sagt einer derselben in einem Schreiben an das Erzbischöfliche Ordinariat:

„Alle, auch die rohesten Waldbewohner erfüllte der Anblick unseres hochwürdigsten Bischofs mit Ehrfurcht und Liebe — und viele vergossen Thränen und sagten: „das Angesicht unseres hochw. Bischofs ist voll Religion und Liebe, aber wir glauben, dieser liebenswürdige Bischof sei nur zu sanftmüthig für unsere Geistlichkeit."

Als der hochw. Bischof da war, fährt derselbe Salpeterer fort, sahen wir auch wieder einmal unsere Seelenhirten mit geistlicher Kleidung angethan. O, wie war das eine Freude für uns, als wir auch wieder einmal geistlich gekleidete Priester sahen; o, würden jetzt unsere Geistlichen nach dem Beispiele unseres hochw. Bischofs fortfahren, wie lieb wollten wir sie haben und wie gerne ihnen gehorsamen!

Aber leider, sagte er weiter, war die Freude bald vorüber. Als der Bischof fort war, war auch die alte Mode wieder da und die Geistlichen fuhren in ihren Neuerungen fort — und wir sahen wohl, daß Alles auf die deutsche Kirche hinarbeitet, mit der wir bei Verlust unseres Lebens nichts zu thun haben wollen! — Denn, was wir verstehen sollen, ist schon deutsch, wenn wir nur dieses befolgen würden u. s. w.

Das Ordinariat sah sich nun mit Zustimmung des Weihbischofs veranlaßt, unter'm 24. Mai 1833 unter Berufung auf seither eingelaufene Beschwerden und Warnehmungen ein Ermahnungsschreiben an die Geistlichkeit zu erlassen, worin es unter Anderem heißt:

„Die Leute in der Grafschaft Hauenstein stoßen sich an vielen Neuerungen, welche sich die Herrn Seelsorger gegen eingeführte Andachten, Kirchengebräuche, feierliche Ceremonien, gegen Anrufung der Heiligen, gegen Gelübde, Ablässe, Fasten-Ordnungen, welche sich oft junge Hilfspriester entweder vom Geiste der Zeit angesteckt, oder aus Mangel an Erfahrung erlauben; besonders sollen einige das heil. Bußsacrament nicht speciell, sondern nur allgemein annehmen. Die Leute ärgern sich, wenn die Seelsorger im Alltagskleide mit dem Sanctisimum Versehen gehen u. s. w.

„Die Seelsorger werden hiemit gebeten und beschworen, diese Gebrechen zu vermeiden, damit sie nicht zu spät bereuen, das Volk nicht nur für alles Religiöse gleichgiltig gemacht, sondern selbst zum Unglauben geführt und sich selbst schwerer Verantwortung ausgesetzt zu haben.

Zugleich ward ein Partikularsendschreiben an die Bewohner des hauensteiner Waldes erlassen, worin die über die Reinheit ihrer Religion besorgten und beunruhigten Gläubigen unter Hinweisung auf die betreffs des Gottesdienstes nnd der Schule getroffenen Vorkehrungen ermahnt werden, ihre Kinder wieder in die Schule zu schicken und kirchlichen und bürgerlichen Gehorsam zu leisten. — Allein weder der Clerus noch die Salpeterer waren mit diesen Erlassen zufrieden!

Ersterer beschwerte sich über die ihm gemachten und allen Landkapiteln der Diöcese mitgetheilten Beschuldigungen — und suchte dieselben theils zurückzuweisen, theils zu mildern; dies namentlich dadurch, daß sie erinnerten, daß die gerügten Mißbräuche auch in vielen andern Gegenden des Landes vorkämen.

Allein dies war keine Entschuldigung — und beweist nur, daß an jenen Orten das Volk gleichgiltiger den Neuerungen in Kirche und Schule zusah — und ist ein Lob für die Waldleute, die sich das unkatholische Wesen einmal nicht gefallen ließen!

Die Salpeterer beruhigten sich auf den Hirtenbrief hin ebenfalls nicht.

Die in Luzern erscheinende „Schweizer-Kirchenzeitung“, die bei ihnen in hohem Ansehen, als Verfechterin ächt katholischen Wesen stand, bezeichnete das Erzbischöfliche Circular als ungenügend, um aufzuhelfen und empfiehlt namentlich bessere Erziehung der jüngern Geistlichkeit.

Noch mehr bestärkte sie ein Schriftstück des hl. Vaters unter dem Titel: „Verordnung und Verbot einiger deutschen Schriften, welche Lehren enthalten, die von der Kirche verworfen sind“ — eine Verdeutschung der Bulle vom 17. September 1833.

Diese kam ihnen von der Schweiz aus ebenfalls in die Hände und nun erklärten sie, wenn der Erzbischof von Freiburg jenes Verbot nicht öffentlich durch die Geistlichkeit bekannt machen lasse, so sei dies ein neuer Beweis des Abfalles von Rom. Allerdings lag zu dieser Veröffentlichung gar keine Verpflichtung vor; — die Salpeterer ließen sich aber nicht belehren.

Sie beschlossen, so lange kein Kind in die Schule zu schicken, bis ihrer Erwartung hierin entsprochen sein werde — besuchten die Kirche nur durch Abgeordnete, theils um zu beobachten, theils um dem Vorwurf zuvor zu kommen, sie hätten sich von der kirchlichen Gemeinschaft abgeschlossen.

Die große Mehrheit aber hielt Privatandachten in Häusern und Waldkapellen oder zog Sonntags zum Gottesdienste in die benachbarte Schweiz.

Jetzt machte ein Pfarrer dem Ordinariate den Vorschlag, entweder den Papst, zu dem die Sache gewiß schon gedrungen sei, um ein Breve anzugehen, worin das Treiben der Salpeterer verdammt würde — oder die Nunziatur in Luzern zu bitten, die Geistlichen der Schweiz vor Aufreizung und Unterstützung der Leute abzumahnen.

Die Curie bittet nun unter'm 14. Februar 1834 durch eine vom Weihbischof v. Vicari abgefaßte Zuschrift an das Großh. Ministerium um Vollzug und Genehmigung folgender Maßregeln:

1) Entfernung der im Seminar zu Rastatt gebildeten Lehrer, weil sie durch Unglauben und Unsittlichkeit das Vertrauen der Waldleute verloren hätten.
2) Einführung kirchlich approbirter Schulbücher und Katechismen.
3) Anordnung, daß die Religionslehre Hauptgegenstand des Unterrichtes sei.
4) Daß die Seelsorger sorgfältig Alles verhüten sollten,

waß die Leute auf Kaltsinn in ihrem Berufe oder Reformirungssucht schließen lasse.

5) Auf fleißigen Schulbesuch zu bringen — und den Lehrern bei ihrer Anstellung durch einen Ordinariats= bevollmächtigten in der Religion prüfen und das Glaubensbekenntniß abnehmen zu lassen.

Die Regierung ging jedoch nur auf den einen Punkt wegen der Lehrer ein und das Ordinariat sofort an die schlecht prädicirten Lehrer zu bezeichnen. Allein jetzt nehmen sich die Geistlichen, zum Bericht hierüber aufgefordert, ein= stimmig derselben an und erklären die Angaben gegen die= selben als Verläumdungen von Seiten der Salpeterer. So war das Ordinariat genöthigt, in ausweichendem Sinne Rück= bericht zu erstatten und auch dieser Punkt blieb unerledigt.

Wohl aber wurde den Salpeterern nun das christliche Begräbniß versagt — und die Regierung ließ wieder einige Rädelsführer im September 1834 in das Arbeitshaus nach Pforzheim abführen. Beides ohne Erfolg! Als die Einge= sperrten bald wieder entlassen und auch in Bezug auf die Ver= weigerung des kirchlichen Begräbnisses ganz ungleich verfahren wurde, sagten die Salpeterer nun laut: „man sehe, daß sie im Recht seien, denn sonst würde kirchlicher und staatlicher Seits nicht immer gedroht, oder von Strafen wieder abge= standen, sondern ernstlicher mit ihnen verfahren.

Sie verlangten jetzt nochmals eine päpstliche Commission zur Entscheidung, der sie sich unbedingt unterwerfen wollten und wurden hierin von ihren Ortsvorstehern unterstützt.

Das Ordinariat ging jetzt darauf ein, mußte aber laut Gesetz das Ministerium um seine Zustimmung angehen.

Lange blieb die Antwort aus — und lautete endlich abschläglich:

„Man könne auf einen Aufruf an den hl. Vater nicht eingehen, ebenso wenig auf den Antrag zur Ernennung einer gemischten Commission, vor welcher sich die Salpeterer zu er=

klären haben, zu welcher anerkannten Confession sie sich be-
kennen wollten, da die Salpeterer ja laut sich rühmten, die
wahren Bekenner des katholischen Glaubens zu sein und sie
nur die andern Katholiken, namentlich ihre Geistlichkeit selbst
zum großen Theile der Abtrünnigkeit beschuldigen."

Hatte die Regierung keinen Grund angegeben, warum
sie ein päpstliches Breve nicht wollte — so war der Grund
der Verwerfung des zweiten Antrages um so treffender. —
Denn in der That verdienen die Salpeterer stricte genommen
ben Namen einer Secte nicht, da sie eher gegen sectenhaft zu
nennende Neuerungen, die in dem Gedanken einer deutschen
Kirche lagen, auftraten.

Eine in St. Gallen (1834) erschienene Schrift: „Ein
Wort über das Verhältniß der Staatskirche zum Evangelium
Christi" — und die Luzerner Kirchenzeitung, worin die
Kämpfe des dortigen päpstlichen Nuntius gegen die willkühr-
lichen Rechtsverletzungen der kathol. Cantons-Regierungen
berichtet — und die Beschlüsse der berüchtigten Conferenz in
Baden (Aargau) nebst dem badischen Gesetz über Oberauf-
sicht der Kirche und landesherrliches Placet besprochen waren
— bestärkte die Salpeterer auf's Neue über die Gefahr ihres
Glaubens und ihrer Kirche. — Und da der Erzbischof gegen
letzteres nicht laut protestirt hatte, so glaubten sie um so
mehr, er und sein Ordinariat stünden im Widerspruch mit
Rom, an das man nicht zu appelliren wage.

So blieb es kirchlich beim Alten, bis Erzbischof Boll
1837 starb und Demeter an seine Stelle trat. — An diesen
wenden sich nun die Vorsteher der vorzüglichsten Salpeterergemeinden und zahlreiche Salpeterer mit der Bitte, sie oder
Stellvertreter auf einen Tag nach Freiburg einzuberufen, wo
sie dann friedliches Uebereinkommen in Aussicht stellten.

Diesem Wunsche wurde von Seite Demeters — ohne
angegebenen Grund — nicht entsprochen und damit ließ die
Kirchenbehörde von jetzt an die Salpeterer ruhig walten,

während die weltliche Regierung noch bis zum Jahre 1848 die Pfarrämter über den Stand der Salpeterer zum Bericht aufforderte. Diesen Berichten zufolge hielten sie sich ruhig — besuchten aber keine Kirche, schickten keine Kinder in die Schule und zahlten fort und fort die mit polizeilicher Gewalt eingetriebenen Strafgelder.

Indeß war aber auch der kirchliche Zeitgeist und damit die Erziehung und Richtung der Geistlichen eine andere geworden. — Die Leute fanden an der jüngern Geistlichkeit die alten Klagen über Reformsucht nicht mehr — und so sanken die Salpeterer mehr und mehr zusammen, bis auf einzelne, meist kinderlose, Familien; die auch jetzt noch keine Kirche besuchen und selbst auf dem Todtbette von einem constitutionellen Geistlichen, wofür sie die badischen Geistlichen alle halten, nichts wissen wollen.*)

Noch im Jahr 1862 protestirten Salpeterer gegen die Annahme eines promulgirten Pfarrers, „da sie keinen Geistlichen nach der Staatskirche anerkennen, sondern nur bei der allein selig machenden römisch-katholischen Kirche und deren Oberhaupt bleiben wollten."

Soviel über die s. g. Secte der Salpeterer.

Wollen wir uns ein kurzes Urtheil erlauben — so müssen wir, wie die Acten liegen, die vielverpönten Salpeterer in ihrer religiösen Auflehnung entschuldigen, ja ihnen dieselbe, insoferne sie gegen durchaus unkatholische Neuerungen auftreten, zur Ehre angerechnet werden — und wenn sie hartnäckig, mißtrauisch und verschlossen gegen Belehrung waren, so liegt dies theils im Charakter des ganzen Wald-

____

*) Auch politisch rühren sich in jüngster Zeit noch einzelne, verweigern dem neuen Schulgesetze Gehorsam, Annahme der Zwangs-Anlehescheine, und lassen trotz Ablösung den Zehnten auf den Feldern liegen. —

volkes, theils darin, daß sie die Kirche in Baden damals
unterdrückt und die Geistlichen unkirchlich gesinnt sahen.

Daß Letztere aber auch in dieser ihrer Gesinnung theil=
weise zu entschuldigen sind, ist oben schon ausgesprochen; —
man hatte sie so erzogen. — Die Schuld liegt an denen,
die diese Richtung in der Kirche heraufbeschworen hatten! —

„Aergernisse müssen kommen, sagt der Herr, wehe aber
denen, durch die sie kommen.“

Druckfehler:

Seite 4 unten lies „Hubmaier“ statt „Hebmeier.“
„ 5 Zeile 9 von oben lies: „aufnehmen“ statt „oufnehmen.“
„ 6 Zeile 5 von oben statt „Vorsitzenden“ lies: „vorsitzenden.“
„ 8 Zeile 2 von oben lies: „den“ statt „bie.“